U0059088

名流詩叢
11

輪盤

多壯麗喲　滾動的輪盤
那鮮紅色的葡萄美酒啊
愈顯其有千古醇味的芬芳

李魁賢◎著

自　序

　　平生第一首詩〈櫻花〉在《野風》54期（1953.
04.16）發表迄今，轉眼間已將近一甲子。進入古稀之
齡，時間轉輪加倍快速，以前是追著時間跑，現在好
像被時間拖著走，感覺差別很大。

　　年少輕狂，在詩的園地裡奔馳，情況亦然。當
年一股對詩又愛又恨的熱情，促使自己左衝右闖，勇
往直前，雖然生活經驗少，對詩的模擬體驗卻毫無畏
懼。如此累積下來的奮鬥精神，終能排除萬難，持續
至今終不悔。

　　這些顯得青澀的酸果，是十八歲以前所寫，早已
被自己遺忘在歲月的荒蕪中，從職場退休後，偷閒學少
年打電腦，才記起少年留下的足跡，從資料堆中一一撿
出、入檔，免不了有敝帚自珍的感情，但若要追尋成長

過程，看如何走過來時路，明瞭凡事都要忍耐時間考驗，並非一蹴可幾，以此做為借鏡，不無一得之慰吧！

我嘗對青年學子說，以戰後初學非生活語言的我輩，不旋踵都可執筆賦詩，那麼學習條件和機會勝過當時不知凡幾的現代青年，又有何顧忌呢？這些算是反襯教材也好，或說是比較素材也罷，如要反省台灣戰後早期華語教學的成績，可以看做一點剩菜吧！

這些詩除了在《野風》、《現代詩》外，還發表於《原野》、《松竹文藝》、《綠洲》、《綠穗》、《學生文藝》、《流星》等當時大部分以學生為對象的文藝刊物，知者可能不多了，這也顯示當時學生自辦校際雜誌熱絡之一斑。

從這些少作中顯示我的抒情調，而〈工具之歌〉組詩已透露我往知性發展的走向，也有〈窗〉這樣頗有結構主義味道的作品。至於〈輪盤〉一詩被選入創世紀詩社最早編輯的《中國新詩選輯》，則開啟後來有幸獲選入諸多詩選的先聲。

2010.03.14

目次

櫻　花

殘酷的嚴冬

現出猙獰的面目

無聲無息地

把妳侵蝕得顏容憔悴

但是啊　妳

並無絲毫的灰心　畏懼

並且　時刻

在和它掙扎　搏鬥

太陽終於撥開雲層

驅走了恐怖的黑暗

慈愛的春天

帶來了妳失去的青春

如今

妳已孕育千萬的蓓蕾

在妳堅硬的軀殼

又多刻上了一道

不能毀滅的鐵壘

1953.03

韶　光

當我把眼皮垂閉

你靜悄悄地溜了進來

當我把眼睛睜開

又只望見你的背影

有時我也想挽住你

你卻疾速地逝向雲際

只遺留給我

更多的惆悵與空虛

1954.02.

投　稿

拿起一張白紙

拾起老舊的禿筆

一行一行地撒下種子

　　　在那智慧的田園

辛苦地耕耘

希望有豐滿的果實

　　　得些別人的青睞

寄予無窮的希望與信心

再抖擻精神

作一次美滿的賭注

1954.02.13

靈　感

妳靜靜地出現
我惶恐不迭地招待
妳又悄悄地走了
留下我在門外低徊

1954.07

人　生

童年的回憶

總是可笑而有趣的

然而你正時刻在串演著

一幕滑稽的喜劇

永遠　永遠地

1954.07

辛勤的耕耘者

將豐沛的精力

投在紅褐的智慧園地

到後來　精疲力竭地

　　只剩下一把殘骨頭

1954.07.09

第一道曙光

黑暗的浪潮退了

白光在東方山頭出現

　　那是黎明的號角啊

抹亂了緋紅的雲在空間

啊　第一道的曙光

偷偷把天上的火種

在地上普遍點燃

填補了黑夜的窟窿

於是　純真的土地的赤子喲

歡躍在平原　山岳　海濱　田郊

是你給他們帶來了

神祕地別了一夜的活力和微笑

1954.07.18

狂　風

那個穿著襤褸的莽漢
用野蠻的鐵鎚般的拳頭
又來敲打我的門扉了
我屏住氣息不敢亂動
屋外那朵盛開的紅玫瑰
已在它的淫威下凋萎

它像一頭受了創傷
沒掛籠頭的野馬
在驚惶的人間橫衝直撞
遼闊的宇宙也任它
放蕩馳騁

於是我不得不舉起

那面不曾用過的白旗

1954.08.03

生之哀歌

憂鬱的曲調鼓動著空間的寒波

從大街到小巷

妳　一個不幸的盲女啊

在這卑污的人海裡激盪

妳因不見世界的醜陋面目

覺得悲哀而痛苦

然而　妳知道嗎

沒有看見才是幸福

什麼時候　妳又拾起一片

淒涼的灰色

一步步　一聲聲

吹奏著生之哀歌

1954.09

祈　禱

心田的秧苗枯槁了

花葉也快萎謝憔悴

啊　慈悲的上帝

怎不憐憫施捨點恩惠

農夫仰望天喃喃祈禱

大地張開飢渴的嘴

啊　上帝　使他們洋溢歡樂吧

即使是一聲慳吝的乾雷

1954

流　星

光芒四濺　向遠方天際隕落
　　再也不見伊人眼波閃動
而在縹緲杳冥的太空
又多了一座孤獨的新塚

1954

無言的驪歌

隨著春天無聲息地去了

驪歌仍繚繞著繃緊的心弦

留下了蒼勁的老松

伴著月輝　佇立在庭院

仰望白雲互相逐戲

飄逝於遠遠的藍天

在這暮春寂靜的深夜

天籟是多麼深沉幽怨

從迷惘的午夜夢回

淒涼的雨聲敲叩著心扉

月影在欄杆上閃動

可是人兒的形影已全非

在殘夜無邊的暮色中

孤寂只有和明月默默相對

望斷了一片冥冥的長天

我無力地關上了柴扉

1954.08.02

晨　歌

東方湧著灰白的微浪

熹微的晨星嵌在藍空

幽香的柔風啊

吹颺起我冷凄的思想的帆

松林的小鳥鼓舌如簧

低咽的溪澗靜若明鏡

惺忪的素月啊

失落了沉醉的春三月的夢

1954.09.17

哀 歌

——悼一位亡友

低吟的琴絃

奏著悽切的輓歌

又是一個流星隕落了

流向迷惘的宮

在暴風雨的前夕

群星搖曳著的寒空

高擎著青春火炬

筆直地消失在蒼穹中

雖然只是一瞬的光輝

卻照亮了臨淵的迷路

懷著壯志無聲息地去了

徒然留給友朋的悼念

無數顆的眼淚

無數聲的嘆息

啊　去了　去了

我們更從何處覓你

多少個紅霞的黃昏

多少個淒雨的夢裡

在幽靜的竹林

我追懷著你啊　我追懷著你

一切都如浮雲似的虛幻

一切都如蓬萊似的渺茫

在人生苦難的旅程

偏又是那麼荊棘滿佈

你雖躓踣倒下去了

但別飲恨吧

我們會找到你的目標

我們會實現你的遺志

安息吧

在落英繽紛的桃花源

安息吧

在悠悠的白雲深處

1954.12.03

畫　像

我不是藝術家

　　沒有深刻的彩筆

我並非詩人

　　沒有絢麗的幻想

然而有一天　哦

　　榮幸地我瞻仰到這幅畫像

那慈祥如安琪兒的微笑

　　蘊含著一幅美麗的靈魂

如翩翩的出巢乳燕

　　飛過新秋雨後的蔚藍高空

莊嚴如古剎鐘聲的神像

　　啟開了寂寞的靈竅

只要引起了心靈的共鳴

　　我無意陶然於這羅曼蒂克情調

透過一層細薄的白紗

　　我似進入了世外的仙境

群蜂吻遍了怒放的野花

　　潺潺的水流伴著悠沉的磬音

忽地天蓋出現了明朗

　　森林末端隱約的山峯

我似看到自己童年的縮影

於是我挺著胸奔向薰風

1954.12

雪　天

在氣壓低沉的冰凍期
寒風鑽刺著微薄的軀體
雲塊重重壓在人的頭頂
如被遺棄的少婦的憂鬱

銀色的雪花任性飄舞
宛如堅貞的古梅含苞欲吐
大地顯得從未有過的岑寂
依稀聽得小草抽長的聲息

1955.01.13

雨　後

鄉村雨後的晨景

像一張綠色的絨氈

伸向無際的莽莽山林

已脫去了遮羞的面紗

我佇立朝東山的窗口

看那冉冉射出的金光

忽然一滴水珠從芭蕉葉上滴落

再也找不到它的蹤影

1955

陽春偶得

二月春桃的蓓蕾

又招來了粉蝶

窗外婷婷的芭蕉

更有幾分窈窕

晨光抹一襲彩霞

贈給古道人家

白鴿的銀鈴報曉

傳過椰林山郊

1955

橋上黃昏

　　黃昏後，最後的一抹殘陽已然被山霧所淹沒，孤獨的石橋更寂寞了。我佇立橋端，還在回味著剛才紅輪將沉的一剎那——西半天的彩霞漸漸淡了，樹梢上的一片餘暉也漸漸褪去、褪去。就在那一剎那間，我驚奇於宇宙的變幻。

　　這座石橋仍是靜穆地躺著。從古老的日子裡，它經過風霜的剝蝕，看過一代代的成長、一代代的衰滅；然而在這岑寂的山中伴著它的，依舊是紅日、白雲、夕照、新月。

陣陣微風吹過，黃葉紛紛飄落，輕輕拂過它的鬢邊。橋下的水帶，淙淙地流響更清澈而幽遠了。

　　晚禱鐘聲在山谷間迴蕩著。

1955.02.13

初夏夜曲

推開夜之螢窗。月亮偏著臉，飄起了她淡黃色的衣裙，飄呀飄的，從東方的山隙姍姍而來，嫵媚地撫吻著大地。擠眉弄眼的星星偷窺著沉睡的嬰孩，和夢中的棲鴉。

頹垣殘瓦的碎骸，仍然靜靜堆在石牆下，有一份迷惘和一份淒涼。

微風不時地播送松林和田園之交響樂曲。

夜的世界是美的。

蝙蝠展著灰色的羽翼，在如水之月光浸浴下，急忙地來回尋找那遺落的褪色的夢。

螢兒提著一盞小燈，趕著想發掘那古世紀的神話，和一個被寰宇所忘卻的神祕的謎底。

當叢林間的杜鵑淒切地唱著：「歸去也」
的送春小曲；田間的蛙聲又聒噪地擂著小鼓歡
迎夏之來臨……。

1955.03.08

陌巷之歌

寂寞的陌巷

有著幽清的歌

陌巷是靜的

只有一片淡淡的月色

在它的歌聲中

大榕樹搖擺笨重的身軀

於是有了飄零的葉

巷口昏弱的燈光沉醉了

陌巷的歌

1955.04.02

懷　念
——給珍妮的詩之一

珍妮　一年又將過

妳怎仍是此般沉默

妳知道　前溪白楊的啜泣

南舍修竹的顫抖

珍妮　記否西山的楓葉

和松林風濤的輕柔

或者披一襲晚霞

去拾取相思的紅豆

珍妮　別後的歲月難過

正如沙漠旅人的寂寞

臨別的贈言依然留存

可是　妳曾否想起過我

1955.04.11

夜之海

寂寞的海灘上

我尋找昔日的蹤跡

當夜鶯啼倦了的時辰

只有海濤向著堅岩衝擊

1955.04.12

湖畔秋夜

椰樹靜悄悄地立在湖畔

在淡愁的月光下等待著情郎

孤舟蕩起了藍色的微浪

在午夜笛聲裡　迷惘

1955

夢

輕輕地　拍著藍色的羽翼

飛過醉人的夢林

是與維納斯如水的絮語

或者是和周公在西窗敘情

1955.04.18

黎明之歌

黎明之使者駕著金色的車

從雲端駛來了

在晨鳥悠揚的歌聲裡

綠草都豎起了戰鬥的旗

1955.04.22

火車上

晚風挾我以飛行

濃碧的山巒

在遠處漸漸迷糊了

我揮一揮手

作別金黃色的夢土

以及窗外的一切風景

1955.04.23

五　月

啊　啊　榴紅的五月來了

似貓走過地毯

止水的池沼

泛起跳躍的微笑

鴿子響起銀色的信號

新的生命已偷偷生長了

泊港的船正等待著我起碇呢

我不再猶豫了

1955.04.24

夢　土

開放著的是蘋果般的微笑
飛翔著的是銀白色的鴿鳥

在林蔭下的夢土上撒一把思念
盡開成了紫金色的花

1955.04.24

夜　濤

　　　　每每從夜半驚醒

　　　　總聽到海濤衝擊的聲音

　　　　是嘩笑　是低泣

　　　　還是告訴我故鄉的消息

1955.04.29

拾　荒

冰凍的思緒　輕輕地

跨過彩色的虹欄

在秋收後的九月曠野

我孤獨地尋覓著

1955

灰色的狗

滾開　灰色的狗
你只會嗅廢墟裡的骨頭
或者乘人不備的時候
在小腿上狠狠地咬一口

挑撥離間的傢伙
在「人」的背後
誹謗　還加油加醋
轉身又和人握手

卑鄙的　無能的
只會吠影的灰色的狗

盜賊從牆根下經過

你卻嚇得回頭就走

你把事情弄錯

卻以此誇口

上帝聽到了　羞得

趕緊把自己藏躲

把一根針說得多大多重

你就喜歡這樣聒聒地說

到頭來還不是讓人用繩子

穿過鼻子　牽著走

1955.05

遠 行

揹著沉重的行囊
憂思於風雨中的遠行
我的心封著蜘蛛的網

摘一朵山茶花於門階
在風雨中回來的時候
應與沉冬以俱謝

1955.05.06

海戀曲

1

又是一股潮來了

在堅岩上爆開銀花

藍色的海水　白色的泡沫

還有兩旁蒼翠的峯巒

遠遠地　響動的音符

吹奏起春三月的旋律

愛神驅著金鹿的輦車

叮叮噹噹地駛來了

2

雲雀在朝天門放歌

歌唱人生的愛　愛的人生

歌聲如清泉般的溫存

輕紗似地降落在沉澱著夢的海濱

戴著輝煌的桂冠

披著銀邊的彩衣

妳來自遙遠的海上

我迎妳在金蘋果的樹底

3

海上有瑰麗的夢

和沉默的貝殼

猶記古代希臘女神的風采

和碧耀的水晶宮

舟子往更深的幻想漫溯

我卻敞開綠色的小窗

願妳化作翠羽鳥

飛入我期待的胸懷

1955.05.08

歸來吧　珍妮

——給珍妮的詩之二

平靜的湖面不復起如笑的漣漪

原野上再也尋不到春天的蹤跡

幽徑裡留下了飄零的殘淚

邀來夜鶯在窗沿輕輕歎息

古老的記憶如霧般的深沉

而我仍想望於遙遠的戀情

細數三千個歡笑的日子

飛逝於冷凄孤寂的叢林

啊　珍妮　我永恆的戀人

歸來吧　飛入我期待的竹林

在鳳凰木燒紅了樹梢的時季

我等待著妳呀　永遠等待著妳

1955.05.10

雨 中

雨中　我走著

在泥濘的道路

我的心也泥濘著

1955.05.10

歌

在晚天高空飄蕩的歌
流響著跳動的音符

我將跨過彩色的虹欄
騎上黃鶴
去拜訪海中的孤島

1955.05.11

階

我爬了幾級石階就已氣喘了

而上層還渺茫於雲霄呢

忽地　有物自我肩上滑落

俯身拾起　是一片蛀過的紅葉

1955.05.11

窗

綠色的窗
朝向藍天開著

一行歸雁飛過
一抹彩霞貼過
一片落葉飄過
一鉤弦月照過

而如今
另一個醇酒般的秋天了
窗外的梧桐告訴我

1955

獅頭山之晨

遠山漸漸有了曙色

霜冷的風呀　我的肌膚已僵

僧侶的早課正開始

我心頓有超然之感

雲海上　我凝望初昇的太陽

幽谷裡傳來晨雞之三重奏

1955.05.13

寄

十八個銀鈴齊響

如聖誕老人要報慶祥

我沒有帶來禮物

僅報你以盈腮的綠竹扶疏

翻開另一頁生命的歷程記錄

摔掉那些頹喪與蝕腐

願架一座長橋直通你我的心河

然後　拍拍胸　同唱一支血淚的歌

1955.05.22

鐘　樓

鐘樓在風雨中
伸出祈禱的手

鷹隼越其上而飛過
窗外　玫瑰落下了
飄零的殘淚

1955.06.12

端　午

有稜角的粽

和如劍的菖蒲

對我依然一如童年的伴侶

書桌上慘白的詩稿

和一斤裝的清酒

瞪著我如監視囚犯

我再舉起酒杯

大大地呷一口

卻是苦的　澀的

1955.06
端午節

凝　盼

紅磚教堂隱於迷濛的霧裡

十字架遠伸入沉滯的停雲

白色的宇宙瀰漫痛苦的墨汁

怎麼還不敲響呢　期待的鐘聲

1955.06.14

夜　曲

月光淡淡如水的夜
椰影更修長了
無風　蕉葉自婆娑
我的思緒更消瘦

貼一片輕帆於藍空
載來了無情歸夢

1955.06.26

衰落的門第

不只一次了　我又來了
敲叩那禁閉的朱漆剝落的門扉

庭內淒涼的荒草
傾圮了的樓閣
曾踩碎過幾個黃昏的夢
一切滯留昔往
感傷的嘆息和憂鬱的故事呵

啊啊　拖著長衫的
拉長了臉孔的人哪
都到哪兒去了
（他們給我的印象很深）

再也聽不到飄逸的素琴

琮琤地劃過夜空

牆外更失落了

秋千架上佳人的淺笑

雕琢的大殿

如寒冬蕭瑟的塋地

盛裝的荷池裡

再也無輕巧的畫舫飄盪

縱使烏鴉從此地飛過

也不佇足於禿樹啼啞

只有多情的燕子啊

年年飛向誰家？

1955.07.07
遊板橋林家花園後

苦　果

若因攀折多刺的玫瑰

而流血　我願意

只要能一親芳澤

唉　唉　妳那兩顆黑水晶啊

我終於在門梯外徘徊而怯步了

1955.07.06

黃　昏

遠山在雲中孤立

剪破一襲鵝黃的衣裳

緊鎖的慼眉含羞稍展

暗向夕陽頻送秋波

逶邐於黃昏嶺上的夕紅

是妳晚歸時飄飄的彩裙

凝視那默默含嗔的露珠

想念起妳如柳的多姿

1955.07.25

別淡水

淡愁的霧似漁翁撒下的網

罩在勻睡的淡水

觀音山有著過多的憂鬱

輕動雲梳　梳著她那細細的密髮

淡水河掛起一面明鏡

波光裡有少女倒立的艷影

昨夜失群的漁船啊

正迷濛地入港

大屯山伸開粗壯的臂膀

擁抱著這可愛的小鎮

軟綿綿的青草正在

山頂上嘶嘶爭長

唉　鎌倉海濱的柔順

高爾夫球場的曠坦

舊砲台的古跡　還有

那建於1682年的紅毛城啊

此時　我頓覺有無限的悵惘和依戀

這留居十八載的故鄉

　　我的詩的母親啊

唉　可是　我必須得走

1955.07.30

別　時

和妳相對時　我無言
這難耐的片刻呵

樓窗前　妳孤影憑弔
啊　凝向何方

1955.08.10

幻　影

那熟悉的側影
一閃便過去了

聽海濱的潮漲潮落
並無那來自遠方
親切的絮語

拐過那頭
這是一片荒蕪之地啊

1955.08.12

一　瞥

方見妳立於窗前

倦憊地揮著團扇

翠簾半掩著臉

妳煩惱南來的訊息嗎

八月燥熱的風輕輕吹颺

於是　乃有畫面如夢

1955.08.18

雕　像

白色的影像　白色的形體

而且有著白色的憂鬱

那痛苦扭歪的臉

表現極端的堅強

旋風捲起滿天黃沙

啊　這最後的一段旅程

1955.08.18

八月的花園

八月空漠的花園裡

像曠野上落葬的行列

向晚的氣候漸冷　有凜風吹過

於是　薄霧乃從噴水池輕輕浮起

唉　昨天　夜雨打落的殘瓣

已被遊鳥銜走了

1955.08.22

衰　期

花開的日子遠了

八月裡新翻的泥土

足夠慘白

聽屋後的竹林

每夜　總是

風風雨雨

1955.08.23

夾竹桃樹下
——給珍妮的詩之三

「姑娘　回來吧！」我默默祈禱

秋雨以其輕鬆瀟灑的腳步

耀武揚威地從窗外走過

這如繭般綿綿的愁緒啊

現在已是九月了

西來的晚風正涼

島上夾竹桃卻還在開花呢

那底下我們同做過黃昏的夢

唉　黃花飄零了

夜裡帶來的消息

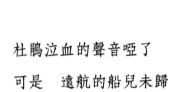

杜鵑泣血的聲音啞了

可是　遠航的船兒未歸

1955.09.02

輪　盤

哦　晚安　你浸在夕暉底下的

一切大自然的弟兄們

我來了　推開心地的窄門　投向你

多壯麗喲　滾動的輪盤

那鮮紅色的葡萄美酒啊

愈顯其有千古醇味的芬芳

豐盛的綠色的晚會正開始

而我也是一位傑出的演員啊

歡樂的淚水在我臉上的運河駛航

從旁繞過的流溪　唱著幽幽之歌

使我想起遠別的你來啦

想月夜椰影下的絮語

1955.09.09

宣　言

盤踞我窗外的大榕樹

還向著我吐其紅舌的

弓背　而多曲線的小青蛇啊

似乎從創世紀以來

你就在努力引我入彀了

看你那使人起疙瘩的風騷之姿

告訴你吧　我還是我

假使你仍是如此頑強

我將不顧一切好生的誓言

1955.09.12

孤　島

享妳以瑤池的瓊漿

復披妳以月宮的蟬羽

要引妳遊我的孤島

還有島上安樂的臣民

那麼看吧　棕櫚樹底下

野兔的睡姿多麼美妙

聽　越原野與小溪

牧羊女的清喉輕唱戀歌

瑪瑙似的紫葡萄掛滿樹梢

綴露的雛菊和茵草爭吐芬芳

月下　瘦削的椰子樹

跳著優雅的三拍子華爾茲

方欣喜於妳遠來的訪客啊

大擺盛筵款待妳

而竟在昨日風雨之夜

妳悄然引航遠離

1955.09.13

扇的風情畫

畫上的美人
在秋千架上笑著
西來的柔風
吹起曳地的羽紗

粉蝶飄過牆了
牆內蘭花的馥郁
引得卅里外的雲雀
都趕這裡的市集

1955.09.28

曲　線

彼人類都愛曲線的嗎
蛇的曲線是夠豐韻的
看牠在草地上蹀伏
有著極其美麗的彎度

唉　　唉　　蛇卻是有毒的
而且人人共恨

1955.10.05

杯

我舉起苦酒的杯

邀寒月對飲

也讓我沉睡的思想

溶入高腳的杯裡

1955.10.05

窗 口

我的手指觸及窗玻璃
劃個十字
青鳥在翻飛啦

你要我從這每日
迎著朝陽的窗口逃出
奈何窗櫺太高又太狹

夜夜聽嘩笑的浪濤
在這寂寞的孤島上
遂有思鄉的憂鬱如瀑布

1955.10.09

靜的音樂

琴鍵上的音符靜了

靜了

就讓它靜吧

也讓我溶入 靜的音樂裡

1955.10.09

寒　月

月是永遠圓的嗎

唉唉　今夜的月

是夠淒寒的了

1955.10.09

鳳梨之鄉
——題林智信木刻

喜訊從南方來

是的　早就該束裝而去了

去看看懷著少女羞澀的夢

開在眉頭上的褐色的朗笑

有時　我確曾這樣想

我會帶著童心回來的

因為　對於黃澄澄的鳳梨

我本有一份喜愛　且是終身不忘

現在　又是歡樂的收穫季了吧

從鄉里飄來的雲堆

我似看到農夫肩上的扁擔　竹筐裡的果

和老祖母咧開無牙的嘴

1955.10.15

工具之歌

丁字尺

畫一條長線當橋

從此岸橫跨到妳那港

然後　把中點剪斷

妳一半　我一半

三角板

三個角度各有其特性

鈍角魯鈍　銳角刁鑽

直角是比較爽直的

這就明白了

為何三角加起來永遠只有180度

而不是全圓

圓　規

畫個圓吧

依照物理的說法

其各點皆有離心力

這不就是不好了嗎

啊　不不　大家都喜歡圓的

比　規

量一段線段說妳

另一段是我

比比看吧

噯　噯　難道只妳有延長線嗎

豈不知我的比妳的更長

鴨嘴筆

說妳似鴨嘴

實在太勉強

我家小院子裡的鴨子

正在我窗下「咻！咻！」哩

1955.10.22

夜的抒情

夜已深了　妳知道嗎

粉蝶仍貼在牆上

依然是那麼熟悉的壁虎

戍守在我的案頭

這裡一切沒有改樣

自從那天離別後

就想告訴妳　別來無恙

只是感到寂寞

我是深知兩地相思的苦

念此際　妳該已是斜躺著

在讀我的詩

而且兩條辮子垂在雙肩

或者像我們在一起時

妳撒著嬌　要我哄妳

不幸每夜裡有夢

夢見妳抿著嘴微笑

夢見妳眉間的小痣

還有說話時睫毛上揚的美姿

1955.12.25

歸　宿

沿徑的紫羅蘭

以串綴清露的笑臉迎著我

那邊悠揚的鐘聲正宏

往教堂的路該已近了

1955.12.26

空　門

啊　咕咕的聲音來自林邊
我的心扉乃大開
迎向古箏的清音

傍晚　疏影自我頭上溜過
小松鼠晶瑩的眼球如桃核
學我在大青石上凝定的工夫

青燈旁　一卷在手
伴著木魚的聲音篤篤

啊　我的心扉已大開

迎向南海的紫竹林

1955.12.30

鄉村散曲

雞　鳴

聲音來自天空　如把宏鐘敲叩
那沉靜　似瘦雲凝貼著穹

茅屋頂上　你不修邊幅的姿態
迎著阿波羅的金輪　高唱

舉起魔杖吧　清晨交響曲之演奏
是不需要鑼鼓或梵啞鈴的

1956.01.30

正　午

鄉村的正午　有一種寧靜的美
湛藍的天空　似海
而朵朵流動的白雲是無桅的小帆

我是野鶴　屬於自己的王國
我有自己的思念　無言
木瓜樹在宇宙上的投影是修長的

老將軍的公雞已換下戎裝了
蔭下的小狗正做著武士的夢

1956.01.31

小庭院

何戚戚於小庭院的寂寞呢
那星月　那彩霞　那花紋
和那來朝的百靈

人家都說妳的晨妝最嫵媚
於是　我企想築一道竹牆
但卻圍不住早漏的春光

那麼　請縫一個小詩囊贈我吧
我將帶往海上

1956.02.01

村外箋

白雲的滑動

我聽到它腳步的聲響了

我仍在等待　妳的雲箋

鄉居確有一分寂寞

並不是曲終人散的凌亂憂鬱

而是像清晨由夢中幽幽醒來的柔情

敢來比射否

看看我的騎術　與夫仗劍之姿

1956.02.02

午　睡

猫擎著熄了的綠燈籠
以霧般的腳步走向我

鄉村的歌劇正在換幕
而女高音聖手卻瘖啞了
只有小溪幽幽
樹葉颯颯

於是
　　夢的皺痕也平了

1956.02.07

驛　站

從那黃沙捲風的沙漠而來
滿臉的鬍渣子墨黑了
我們乾癟的行囊掛滿了風塵

這裡　屬於荒野的一切都靜了
只有風鈴單調地響著
我們遠來的旅客已習慣於
星座的默契

我們係來自黃沙捲風的地方
黃昏　搖落了滿天星辰

1956.02.02

夜百合

夢裡的百合謝了

說著　妳閉上了眼眸

　　太陽的火把燒得小草都焦了

　　於是　防波堤的缺口也擴大著

妳微展的笑的花朵呀

妳輕啟的夢的雲彩呀

這都不是五步長插一竹竿的椿嗎

是的啊　姑娘

太美的都是危險的喲

不要想用詩的菓盤去盛摘下的星星

不要把橄欖錯看成菩提

姑娘　還是丟下妳那柳條枝馬鞭吧

到海上去

海上有成串的礁岩的故事哪

還有雕鏤著淚珠的貝殼

夢裡的百合謝了

說著　妳微閉上了眼眸

啊　姑娘　妳的憂鬱太濃啦

1956.02.06

森林散曲

祝　福

綠色的生命恆向上　向上
哲人的沉默與天體對話
詩人以繁茂的纖維向人們祝福
啊　綠色的生命恆向上　向上

漠　視

漠視山的渾然　鍾情

漠視海的無羈　淘氣

然而　當酡顏的小伙子擁吻妳

復輕輕掀動妳的彩裙時

啊　小姑娘　妳的臉好紅喲

獨　步

而此時　正是懷孕的二月黃昏

我揹著憂鬱的小竹簍

巡行在綠蔭的懸崖上

撿拾著童年未完成的畫夢

與夢裡搖落的星星

而繞過霧的迴欄的珍妮呢

1956.02.08

小詩箋

操大鼓將黑色的冬之蕭瑟驅去

於是　春天帶著桃花的粉紅小箋來了

像蜜蜂之依戀蕊床的夢寐是甜的呀

不見原野上響起又飄落的鴿鈴嗎

何以妳仍是緊鎖蹙眉唱著深閨怨

1956.02.08

都　市

黑色的高建築聳立著
像巨人在北風中瑟抖

冬之構圖的街道
報喪的驛馬車正駛過
陰影下無數的蛆蟲在騷動
馱著薔薇的屍體
一面瀏覽著風景
向死穴

高處的小叩鐘響了

依稀　伴和

魂兮歸來的吟誦

1956.02.10

雨中偶拾

藍眼睛的小孩　躲在青紗帳
窺視著

那穿紅衣衫　花臉的丑角
在地板上表演翻跟斗啦

怎麼　小喇叭的聲音卻凝住了
大貝士越俎地吵著　翻山倒海而來

這個狂吟著　神經錯亂的世界
如十字街頭上越獄的囚犯
倉皇之間

雨姑娘的小花轎從雲邊

悄悄地溜過去

帶笑的梨花飄零了

藍眼睛的小孩　仍躲在青紗帳

想把那些殘瓣綴串起來

1056.02.11

新 年

結著紅色飄帶　響嗖的箭
由林叢射起　直沖向雲霄

推開門　鏡子碎了　風大雨大
納思蕤的影子刻滿皺紋

孩子們的眉梢開著花朵
我卻擔心著明日登山
（大屯山會發下請柬嗎）

哎哎　荷芰上的雨珠滾著
風姿綽約　不減當年

只是猫的腳步更輕了

　　怕踏醒維納斯的夢

1956.02.12

語言文學類　PG0437

輪盤

作　　者／李魁賢
責任編輯／黃姣潔
圖文排版／陳宛鈴
封面設計／陳佩蓉

發 行 人／宋政坤
法律顧問／毛國樑　律師
印製出版／秀威資訊科技股份有限公司
　　　　　114台北市內湖區瑞光路76巷65號1樓
　　　　　電話：+886-2-2796-3638　傳真：+886-2-2796-1377
　　　　　http://www.showwe.com.tw
劃撥帳號／19563868　戶名：秀威資訊科技股份有限公司
　　　　　讀者服務信箱：service@showwe.com.tw
展售門市／國家書店（松江門市）
　　　　　104台北市中山區松江路209號1樓
　　　　　電話：+886-2-2518-0207　傳真：+886-2-2518-0778
網路訂購／秀威網路書店：http://www.bodbooks.tw
　　　　　國家網路書店：http://www.govbooks.com.tw
圖書經銷／紅螞蟻圖書有限公司
　　　　　114台北市內湖區舊宗路二段121巷28、32號4樓
　　　　　電話：+886-2-2795-3656　傳真：+886-2-2795-4100

2010年10月BOD一版
定價：150元

國家圖書館出版品預行編目

輪盤 / 李魁賢著. -- 一版. -- 臺北市：秀威資訊
科技, 2010.10
　　　面；　公分. -- (語言文學類 ; PG0437)
　　BOD版
　　ISBN 978-986-221-602-6(平裝)

851.486　　　　　　　　　　99016838

讀者回函卡

感謝您購買本書，為提升服務品質，請填妥以下資料，將讀者回函卡直接寄回或傳真本公司，收到您的寶貴意見後，我們會收藏記錄及檢討，謝謝！
如您需要了解本公司最新出版書目、購書優惠或企劃活動，歡迎您上網查詢或下載相關資料：http:// www.showwe.com.tw

您購買的書名：_____

出生日期：_____年_____月_____日

學歷：□高中 (含) 以下　　□大專　　□研究所 (含) 以上

職業：□製造業　□金融業　□資訊業　□軍警　□傳播業　□自由業
　　　□服務業　□公務員　□教職　　□學生　□家管　　□其它_____

購書地點：□網路書店　□實體書店　□書展　□郵購　□贈閱　□其他

您從何得知本書的消息？

　　□網路書店　□實體書店　□網路搜尋　□電子報　□書訊　□雜誌
　　□傳播媒體　□親友推薦　□網站推薦　□部落格　□其他_____

您對本書的評價：(請填代號　1.非常滿意　2.滿意　3.尚可　4.再改進)

　　封面設計____　版面編排____　內容____　文／譯筆____　價格____

讀完書後您覺得：

　　□很有收穫　□有收穫　□收穫不多　□沒收穫

對我們的建議：_____

_____

_____

_____

11466
台北市內湖區瑞光路 76 巷 65 號 1 樓

秀威資訊科技股份有限公司　　　收

BOD 數位出版事業部

....

（請沿線對折寄回，謝謝！）

姓　　名：＿＿＿＿＿＿＿＿　年齡：＿＿＿＿　性別：□女　□男

郵遞區號：□□□□□

地　　址：＿＿＿＿＿＿＿＿＿＿＿＿＿＿＿＿＿＿＿＿

聯絡電話：(日)＿＿＿＿＿＿＿＿　(夜)＿＿＿＿＿＿＿＿＿

E-mail：＿＿＿＿＿＿＿＿＿＿＿＿＿＿＿＿＿＿＿＿